JN174154

ゴムの木と クジラ

Résonance

白鳥 博康
Hiroyasu Shiratori

Illustration
もとやま まさこ
Masako Motoyama

銀の鈴社

TABLE

すいせいを のむ

Soif de comète

カチンと　ひえた
月の　まるい　よるに

はだしで　にわを
あるくように

さしだされた
えんぴつを
にぎるように

ワインだるの
うえで
うたうように

ほのあかるい
ランプを
ふきけすように

コーヒーカップを
えらぶように

かがみの
なかの
わたしの
ように

はすのはな

はすのはな
さくとき
はしの
たもとに
あいましょう

はすのはな
あふれ
こぶね
こぶねに
ひらく
かおり
たかく
みずの
うえに
みつる
きよらに

よると
あさの
あわく
まじわる
ねこの
ゆめの
うち

ゆんでの
ふれる
きぬの
つめたく

めての
ゆび
からむ
ぬくもり

はすのはな
あふれ
こぶね
こぶねに

はすのはな
つまれ
たかく
たかく
はすのはな
たゆたう
むねの
まに　まに

すいせいを　のむ

すいせいを　のむ
こくんと　のみこむ

これは　いくつめの
すいせい？

すいせいを　のむ
おもいがけず　のむ

いつも　のどの
おくに　ひっかかる
すいせい

ころころ
しくしく
これは　なに？

ふわふわ
さやさや
きもち　いい

すいせいを　のむ
はじめて　のんだのは
いつ？

ささやく　こえ
たくさんの
うたう　こえ
はなす　こえ
わらう　こえ
たかい　こえ
ひくい　こえ

あのひとの
わたしの
ためいき

いま
きらきら
クープの
シャンパンの
なかに
また　ひとつ

すいせい

あづさゆみ

あづさゆみ
あづさゆみ
こんなに　おおきな
ゆみ
だれが　ひけるの？

あづさゆみ
あづさゆみ
あなたは　ひとりで
ゆみを　ひく

あづさゆみ
あづさゆみ
ちいさな
しろい
あさ　の　たび

あづさゆみ
あづさゆみ
そらを
およぐ
ふね

あづさゆみ　　　　　　あづさゆみ
あづさゆみ　　　　　　あづさゆみ
ほそい　あし
すけそうな　はかま　　てんに　矢は　はなたれぬ

あづさゆみ
あづさゆみ
あなたは　いのちを
ひきしぼる

ふるふる
ふるふる

たいようの
しずく

ふるふる
ふるふる

したたり
もゆる

あづさゆみ
あづさゆみ
あづさゆみ
あづさゆみ
・
・
・
・

et,

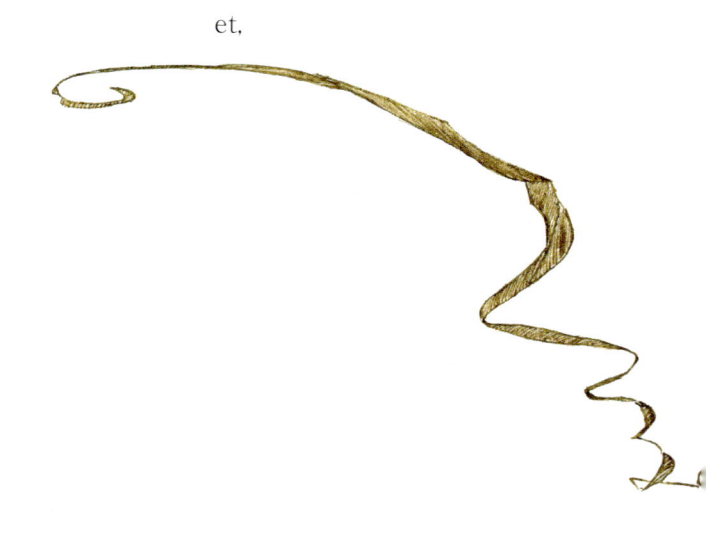

ひるがえる　あおい　スカート
ボールの　おちて　たつ　すなけむり
みみに　かかる　かみ
ふるくなった　くつ

ビンの　なかに　ふる
にじいろの　つめたい　あめ

いつか　なげた
みずきりの　いし　と
わたしは　あるく

être の理由

エートル

わけ

Les deux mains ensemble

にぎやかなマルシェで
花束をかった私たちは
丘の途中にある墓地までの
坂をのぼりはじめた

ひさしぶりの太陽は
春の空からのぞき
私たちは息をきらして
坂をのぼる

しずかな墓地の
とくに目立たないところにある
彼女のお墓
友だちは みんな
"彼女には にあわない場所ね"
と いった
でも私は　ある意味で
とても彼女らしいと思った

"ここに　ママはいるのかな？"

"どうかな　私はいないと思う
　あるのはきっと
　セミの抜け殻みたいなものだけ
　ここは　男の子が
　宝物をかくしておくような場所ね"

"じゃあ　ここに来ることは
　とても
　とても……
　C'est nul（無意味だわ）"

"Tout à fait（そうよ）"

大きな棺をかかえた人たちが
私たちの後ろを通り過ぎた

"ねぇ　どうして　急に来ようと思ったの？"

"……きっと　私が　たしかめたかったの
　私たちの　シルエット
　それだけ
　たぶん　私はもう来ない
　でも　あなたは　好きな時に来ればいいわ
　もし　来たいと思ったらね"

"それって……「感傷」？"

"「Amour」っていうのよ　ここでは"

こみあげてくるおかしさに　ふたりで耐えていると
死者のための　祈りの言葉がきこえてきた

墓地をでた私たちは　いただきをめざして
また坂をのぼりはじめた

丘の上から　街のすべてがみえる
白い家の赤い屋根と　ゆみなりの海岸
海は　どこまでも青くて
すぐにきえてしまう　波の白さですら
なにもかも　はじめてみた時のままだった

"きれい！こんなにきれいな海　はじめて！"

彼女は柵から　身をのりだしている

"この海は　特別なのよ
　海流が　砂や泥を　まきあげないから……"

ふと　あの人と彼女が　かさなってみえた

まじめな顔で　ふりかえった彼女は
私の　ひとさし指を
つよく　つよく　にぎりしめて　いった

　"ねぇママ　おなかがすいたわ！
　ピッツァがたべたいな！
　そうして　たべながら
　私にきかせて
　もうひとりの　ママのこと"

子午線の寝台

Le lit du méridien

白夜

窓のそとが　あかるかったから
おかしいな　と　時計をみたら
22時を　まわっていた

東京にも　白夜があったかしらと
おもいながら
サーモンのテリーヌを　たべる
私はコースを　注文したはずなのに
さっきから
はこばれてくるのは
前菜ばかりで
シャンパンのグラスも　からのまま

白いコックコートの男の人が
私のとなりの椅子に　どすんと座った
「きょうは　もう　おしまいだ」

よくみると
彼は私の　クラスメイトだった
かおは　やつれて
こえも　かすれているけれど
おもかげで　わかった

「どうしたの？　顔色がわるいわ」
私は　彼にきいた
「そうだな
　　むかしのお前も
　　こんなだったぞ
　　俺は
　　よおく　覚えてるんだ」
がさがさした　こえで　彼はこたえた

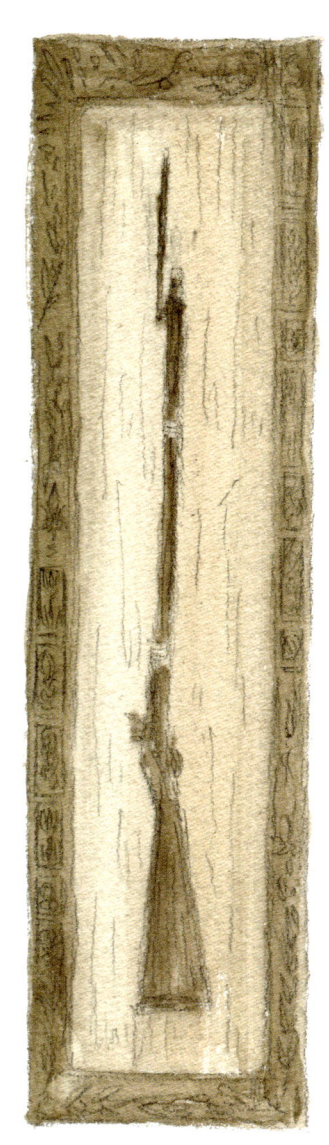

かべに　かけられた
大きな　スクリーンでは
まさに　いま
ナポレオン時代の
いくさが　はじまろうとしていた

「こいつらは　どうやって戦うんだ？」
うつろな目で　彼はいった

「まず横一列にならんで
　マスケット銃を
　うちあうの
　そのまま　おたがいに
　ちかづいていくと
　白兵戦になって
　隊列をくんだまま
　つぶしあって
　かこまれたら
　それでおしまい」
しゃべりおわった　私は
とても白々しい　きもちになった

外はあかるくて
だれもあるいていない

かべに　かけられた
大きな　スクリーンでは
トラウマで　飛べなくなった
プロペラ機の　パイロットが
ひとりで　あたまを　かかえている

“さっきから
　よくわからない映画……”

「赤ワインをもらえる?」

彼は　なにも　いわず
キッチンから
キャンティの　ボトルと
サンドウィッチを　もってきた

うすい食パンの　サンドウィッチ

一口かじると
細長く切られた　キュウリが
パキパキした
そう　本当に　パキパキ音がした

「サンドウィッチは　な」
のどの　おくに
食パンの耳を
つめこまれたような　声で
彼は　いった

「俺が初めてつくった　料理なんだ」

私は　コルクを抜くと
彼のグラスに　ワインをそそぎ
自分のグラスに　ワインをそそいだ

「みんな嬉しそうに　俺がつくった
　サンドウィッチを　食ってる

　丁寧につくったんだ
　パンのハシまで
　しっかりバターを塗って

　大切に　つくったんだ」

キャンティを　のみながら
私が　かんがえていたのは
白夜のこと

それから

こんな夜の　終電は
いったい何時だろうということだった

ヨーグルトサラダ

　私は彼女を　おもいきり　つきとばした
　彼女は　おどろいて
　それから　火のついたように泣いた

　"ズドラストヴィチェ　諸君"
　教壇のうえの　教授の鼻は　赤い
　"今日から　……　を
　　読み進めて　いく
　　彼は　我らが国の生んだ
　　偉大な芸術家の　一人だ"
　キリル文字は　おどりはじめる

　私が　かんがえていたのは
　ゆうべ　つくった
　キュウリとヨーグルトのサラダの
　哲学的な　あじわいのこと
　そうして
　私が　小さかったころのこと
　（もうすこし
　　塩をいれれば　よかったの？）

　"彼の外套から　すべては生まれたのだ"

私は彼女を　おもいきり　つきとばした
彼女は　おどろいて
それから　火のついたように泣いた

あのとき　私は　なぜ　そうしたのか
石油風味の
黒パンを
たべながら
異国の空の　もと
かんがえなければならない

おもいきり　つきとばされた
彼女は
どうして自分が
つきとばされなければ　ならなかったのか
きっと　よくわからなかった　と　おもう
それもそのはず
私だって
どうして　そうしたのか
いまでも　よく　わからない

私は彼女を　おもいきり　つきとばした
彼女は　おどろいて
それから　火のついたように泣いた

こどもの　ころ
家の　そばに
焼き栗を　うる
男の人が　いた
いつも　いつも
うつむいたまま
くらくなっても
とても　よい　かおりの
焼き栗を　うりつづけていた
私は　その男の人の　かおを
みたことが　ない

私も　彼女も
とても　とても
小さかった
きっと　彼女は
つきとばされたことなんて
わすれてしまっているかもしれない
　（つぎは　チリパウダーもかけてみよう！）

けれど　問題の本質は"そこ"ではない

壺焼きの　しあげは
パイ生地で"ふた"を　すること
でも
香ばしく焼きあがった"ふた"を
くずすことが　どうしてもできない
壺のなかみは　にえたぎっているのに

なくしてしまった
赤と白と黒のリボンは
どこかに
いってしまったわけではなくて
いつのまにか
アンカー　に　なって
こおり　の　うみ
ふかく　ふかく
沈んでいたことに
気がつかなかった　だけ

スライサーにかけられた　キュウリ
大きなスプーンでかける　ヨーグルト

砕氷船の航跡を　たどるけれど
オーロラを　へだてるから
いつも　すぐに　みうしなってしまう

小さなガラスの
うつわ　で
かきまぜられた
つめたい　つめたい
キュウリとヨーグルトのサラダ

アラベスク

Arabesque

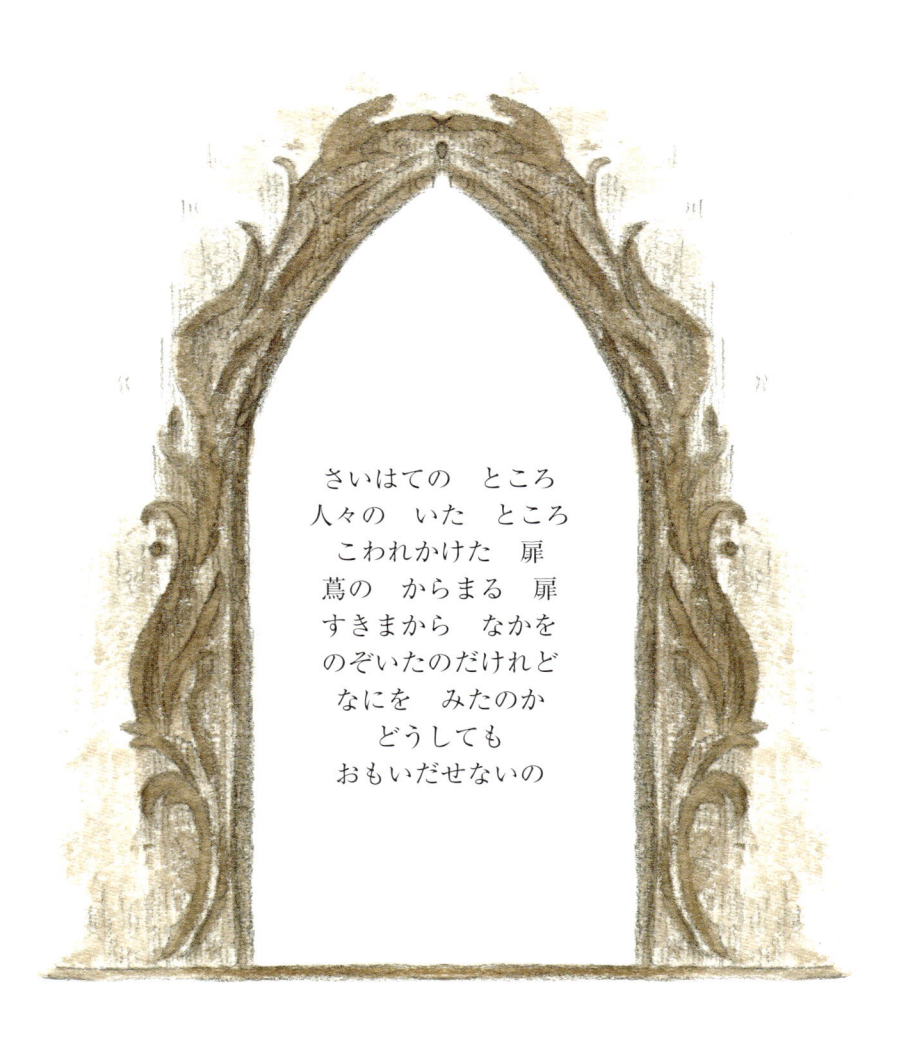

さいはての　ところ
人々の　いた　ところ
こわれかけた　扉
蔦の　からまる　扉
すきまから　なかを
のぞいたのだけれど
なにを　みたのか
どうしても
おもいだせないの

アラビアの
人々が
いち　を　立てて　いる

きこえてくる
笛の　音階は
コーヒーの底に
沈んでいる砂糖ほど
あまにがい

いち　の　かたすみ
古びたランプや　ポットの
ならんでいる　絨毯の上に
長くて白いひげの
赤いフェズをかぶった
おじいさんが　いる

"旅の人　旅の人
　あなたの　求めているものは
　これ　これ　ここに　まっているよ"

ふかいシワの　おりだされた
手が
私に　みじかい杖を　さしだした

黒ずんだ
まるい　銀のにぎりは　アラベスク紋様

"お嬢さん　目玉の裏を　みたいだろう"

少し多めの　サフランを
私は　おじいさんに　わたした

"いいかね　お嬢さん
　魂に　おわり　は　ないのだよ"

ひよこ豆の　焼けるかおりが　たちこめて
私は　おなかが　すいていたことに　気がついた

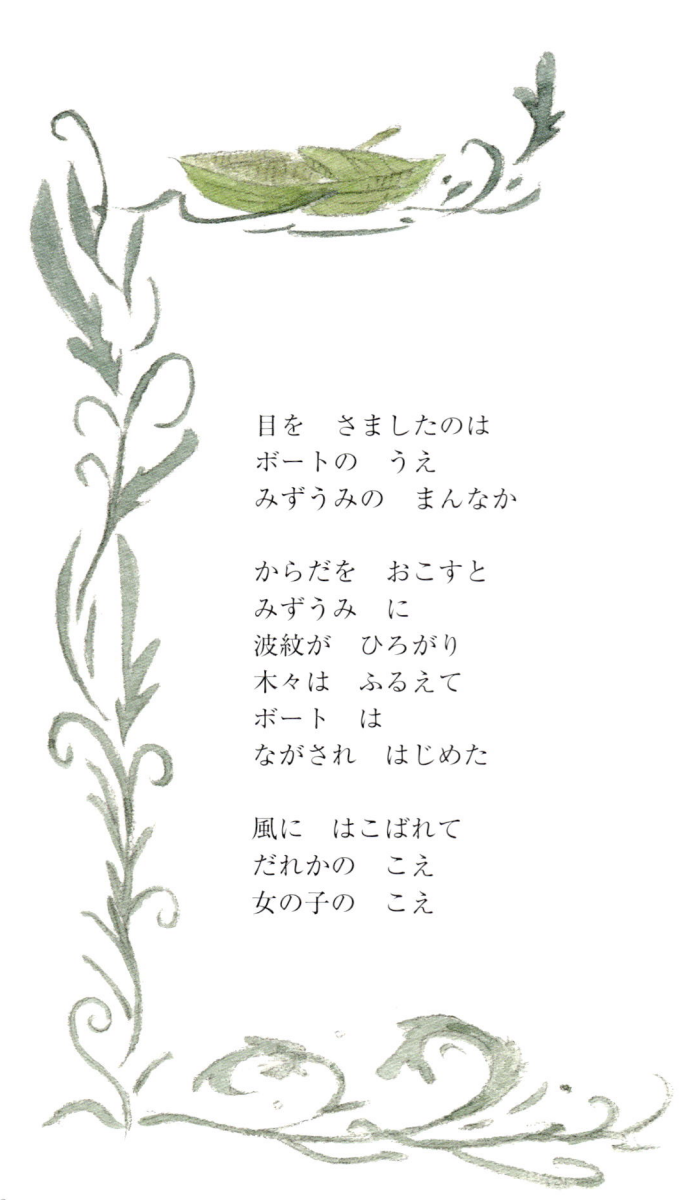

目を　さましたのは
ボートの　うえ
みずうみの　まんなか

からだを　おこすと
みずうみ　に
波紋が　ひろがり
木々は　ふるえて
ボート　は
ながされ　はじめた

風に　はこばれて
だれかの　こえ
女の子の　こえ

"おにわにも……
かあさまの　おにわにも
かあさまは　いない……

きっと　かあさま
かくれて　いるのよ
わたしたち
そんなことに　おどろくほど
こどもで　なくてよ

ニワトリが　たくさん
たまごを　うんだわ
かあさまの　すきな
オムレット　を
つくりましょう

ねぇ　かあさま
どこ？
　　　　　　どこ？
　　　　　どこ？"

太陽が　沈むと
雪が　ふりはじめた
広いホテルの　私の部屋は
とても　冷たいから
暖炉のある　ホールで
毛布にくるまって　本を　よむ

小さなグラスの　泥炭のかおりを
のどに　あててみると　潮風がふいて
薪が　パチンと　はぜた　とき
女の子が　はなし　はじめた

“ねえさま　ねえさま
おぼえていて？

ノエルの　よる
わたしが　おじさまの
むねの　メダイユを　さわったら
リュバンが　ちぎれてしまった　こと

とうさま　は
とても　おいかりに　なって
でも　おじさまは
なんでもないって
とても　おやさしかったわね

あぁ　もういちど
おじさま　にも
とうさま　にも
かあさま　にも
おあいしたいわ
みんな　どうしているのでしょう？”

暖かいホールに　いるのは　私だけ

おしゃべりしている　あなたは　だれ？

かたいベッドで　寝返りをうつと
カーテンの外が　あかるくなった
枕元の　腕時計は　２時をまわっている

はだしの　まま
そっと　カーテンをあけると
松明（たいまつ）が　たくさん　みえた

"なんてこと　あんなに　たくさんの松明……"

"……ここは危のうございます
　はやく　はやく　お逃げくださいませ！"

"逃げる？　どこに逃げるというのです
　ここは　私たちの家　私たちの国です
　逃げたい者は　ひきとめません
　私は　ここに　とどまります"

"私共も　ここにとどまりとうございます
　御館様が　お嬢様方が
　一体何をしたというのでしょう!?"

"……みんな　サアブルを抜いて
　　カラビヌを　お持ちなさい"

"ねえさま　わたしにも　カラビヌを……"

"そうね　絶対に私から離れてはいけませんよ"

"はい　ねえさま"

"あぁ　厩（うまや）から火の手が……"

"ねえさま！　とびらが！　とびらが！"

"かみさま　どうか　どうか
　わたくしたちを　おまもりください……"

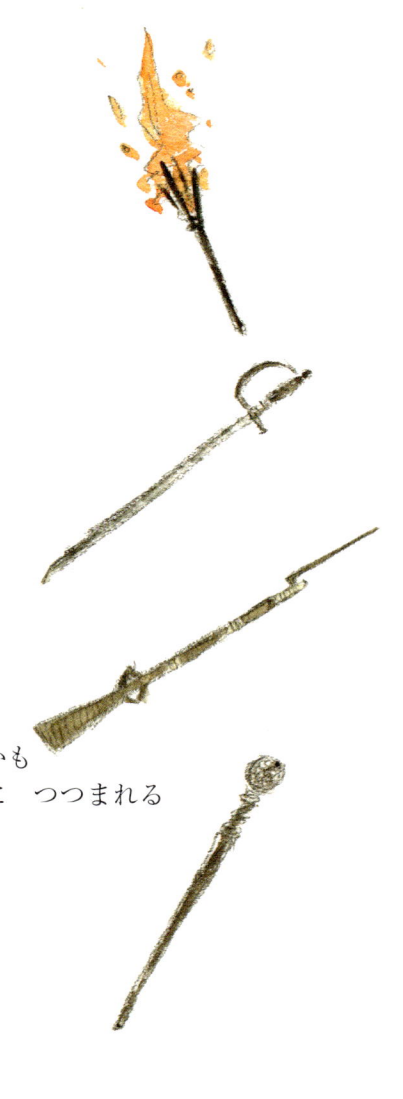

松明は　ふいに　きえて
なにも　みえなくなった
黒い雲が　北風に　ながされ
みずうみも　林も　部屋のなかも
ふんわり黄色い　月のあかりに　つつまれる

ベッドに　立てかけておいた
杖が
ぱたりと　たおれると
窓のそばの　私のところに
ころころ　ころがってきた
手に　とると
煤で
ゆびさきが　くろくなった

むかえた朝は
とても　あたたかく
昨日の夜の　寒さは　うそのよう

私は　貝殻の　道しるべを
さがすため　あるきはじめる

あたたかさ　は
あつさ　に　かわり
南の　空に　たかい
太陽が　黄色い　手を　のばすと
おどろいた　花は
ころもを　ぬぎはじめ
眠っていた　セミは
さわがしく　なきわめく

こんなとき
ハーレンファイトは
なんと　言うだろう

焼けそうな　からだを
ひきずりながら
森の　なかへ　つづいている
白い土の　道を　たどる

木々の　あしもとは
太陽の　手が
はいりこむことを　かたくなに　こばみ
脈うつ　太い根を
よけながら　あるくと
あまい　かおりが　ただよってきた

なんて　たくさんの　バラ！
赤い
白い
黄色い
オレンジの
紫の
どこまでも　咲いている　バラ

たくさんの　バラの
あいだを　ぬうように
あるいている　と
女の人が　いた

若草色の　おもたそうな　ローブ
りょうて　に　もった
大きな　ブリキの　ジョウロが
傾くと
あふれた　水が　バラに　すいこまれる

"こんにちは
　貝殻の　道しるべを　さがしているのですが
　このあたりに　ありますか？"

"貝殻の　道しるべ？
　さぁ　わたし　しらないわ"

　そういうと　女の人は
　バラ垣の　かげに　きえていった

　耳のそばで　カシャリ　と
　鉄の　ふれあう　音がして
　そちらに　目を　やると　泉が　みえた

　きらきら　澄んでいる　泉は
　私の　すがたを　ゆらゆら　うつす

　とたんに　のどが　かわいて　たまらなくなった

　肩にかけた　カバンから
　銅のコップを　とりだすと
　泉の水をすくって　のんだ

　つめたくて　あまい　かおりの　水

　あさから　あるきとおした　体は　おもくて
　泉のそばに　すわると　根がはえたようになった

いけない！　うとうと　するなんて！
はやく　あるき　ださないと！
でも
もうすこし　だけ　ねむって　いたい

おんなのひとが
ちかづいてくると
おおきな　ジョウロを　かたむけて
わたしの　あたまに
みずを　かける

からだを
ながれる
みずは
とても
つめたくて
とても
きもちが
うつら
うつら

まどろみの　そこに
だれかが　いて
てを　のばしている
その　てを　つかむと
わたしが　いて
わたしは
わたしに
であうと
わたしの
なかの
わたしに
どこまでも
しずんでいくのが
かすかに　わかった

ゴムの木とクジラ

Résonance

４月の魚

シンガポールスリングは
さいごの　オーダー
もう　これいじょうは
のまない　と　いうこと

あたまの　しんの
しびれる　よるに
きっと　もうすぐ
"４月の魚"

まるくて　あかい
そらの　ふちどり
その　したを
ただよう
あらけずりな
むいしき

みずたまりに　うつる
かみに　かかれた
あざやかな　いろの　さかな
くしゃくしゃ　に　なると
うみに　かえる

ぷかぷか　うかぶ
りゅうひょう　の
みゃくうつ
ひびき　が
きこえる　ころ

めいおうせい　と
あのひと　の
かくど　が
ゆるやか　に
そろう　ころ

わたしは　どこに　いるの

アルメニア風スープ

きぬいとに
つりばりを
とめて
はくだくした
アルメニアの
スープに
たらしました　ところ
あめいろの
ようかんの
かたまりが
ひっかかりました

ぶるぶる
わななく
コントラバス

くうきに　ふれた
ようかんは
みるみる　とけて
すきとおった
ティアドロップに
なると
ぽたぽた
スープ皿に
もどりました

あとには　ただ
つりばり　だけ
のこり
スープの　あじも
うみの　みずに
なってしまいました

ゴムの木とクジラ

ゴムの木にもたれて
北極の
クジラに　おもいを　はせる

はたはた
はたはた
葉を　うつ　しずく

ぱたぱた
ぱたぱた
鳥を　うつ　しずく

さあさあ
さあさあ
まいあがる　しぶき

いま
あめの　おとよりほか
なにも　きこえなくなった

いま
あめの　いろよりほか
なにも　みえなくなった

いま
あらゆる　いきものは
そこに　　ひざまずく

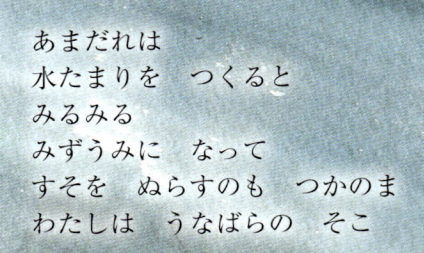

あまだれは
水たまりを　つくると
みるみる
みずうみに　なって
すそを　ぬらすのも　つかのま
わたしは　うなばらの　そこ

あざやかな
いろの
もようの
魚と　およぐ

ごおごお
ごおごお

おおきな　しろい　クジラが
めのまえで　うねる

キュイィーイイイィイイイイーイイイー

からだが　ばらばらに
なりそうな
さけびごえ

ぐぼんぐぼん
ぐぼんぐぼん

まわる　まわる　クジラ

ぐるんぐるん
ぐるんぐるん

おおきな　おおきな　うず

しゃわしゃわ
しゃわしゃわ

まわるたびに　クジラは
ちいさく　ちいさく
なってしまって

わたしは
とても　とても
かわいそうに　おもったので
しろい　クジラを
首飾りにして
とわの　ときを　すごすのです

おと と ディマンシュ と…

Joyeux dimanche !

パンのやける　あまいかおり
山高帽と　コサージュ
かわいた　きょうかいの　かねのおと
よそいきの　ブラウス
てのひらの　コイン
乳香と　カビの　におい

たちあがると
ピンが　はじけて
そのまま　どこかへ
いってしまった

かさなりあう　おと

"かさなりあう　おと　を
　わおん　と　いうのよ"

ピアノの　まえに
すわった　わたし　に
いつかの　ことば　が
せまってきた

たくさん　の
め　は
わたし　を
ゆびさき　を
みつめ
はりつめ

"けんばん　に
　ゆび　を　たてて
　あらわすのは　こころ"

わたしは
こころを
あらわせるの？

め　を　とじて
おおきく
いき　を　すって　はいて

はかま　の　ひだを
にぎりしめた
わたし　の　ゆび

ふいに

あのひと　の
あたたかな
て　が
わたし　の　て　を
つつんでくれた

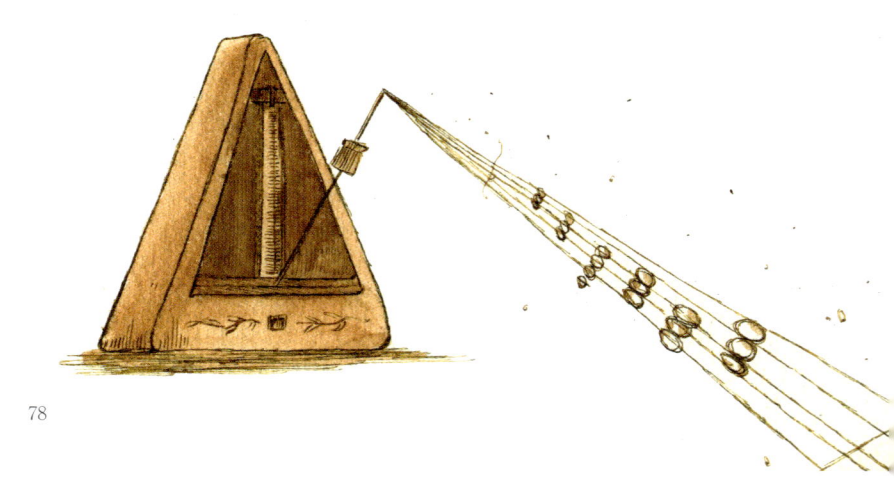

"かさなりあう　おと　を
　わおん　と　いうのよ"

わたし　は
たちあがり
たくさん　の
め　に
せ　を　むけ
はきもの　と
しろい　たび　を
ぬぐ

あし　の
うら　に
あたる
ゆか　の
つめたさ　が
きもち　を　まっすぐにする

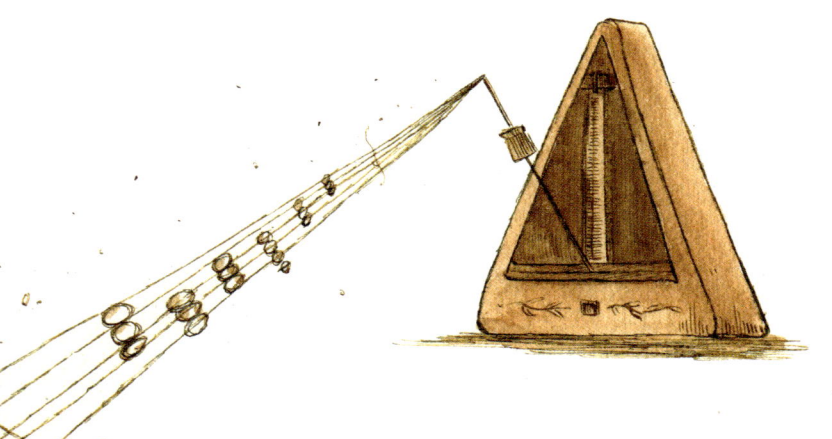

わたしは
ピアノの　まえに
すわりなおした

め　を　とじて
おおきく
いき　を　すって　はいて

め　を　ひらくと
おだやかな　うみ　が
て　の　とどく　ところに
たゆたっていたから
ゆびさき　で　つめたさ　を
たしかめて

もういちど
おおきく　いきを　すって
みどりいろ　の
いっそう　ふかい　ところ
めがけて
おもいきって
とびこんだ

すばらしいディマンシュ

けさ　ラジオを　つけたら
わたしの　すきな
シラキューズが　ながれてきて

きょうは　きっと
すばらしい　にちようびに　なる
そう　おもったの

ディマンシュには　おいのりのひ
という　いみがあると　ならったのは
いつだった　かしら
ディマンシュも　にちようびも
どちらの　いいかたも
わたしは　すき

テーブルに　かける　クロスは
パリッと　のりの　きいた
きいろの　麻

アペリティフは
パスティス　か　冷凍庫の　ジン
（でも　わたしたちは　いつも
　かってに　のみはじめているから
　したくすることは　ない）

そのあとは
すっきりした　くちあたりの
ヴァン・ムスー

これも　きっと　すぐに
からに　なってしまうから
王様の　結婚式で　のまれた
クロ・サン・ヴァンサンの
ロゼワイン
も　いくつか　ひやしてある

デジュネの　献立

前菜を　いくつか

さっくりした　生地の
ピサラディエー

あなたの　ふるさとの
オリーブ

となりまちの　シャルキュトリーの
ドイツの方が　つくった
ハム

メインは　いただきもの　の
おおぶりな
タイのソテー
ソースは　アンチョビを　きかせた
タプナード
つけあわせは
トマト・ア・ラ・プロヴァンサル
と
ジャガイモのハーブソテー

はすむかいの　パン屋さんで　かった
バゲット
は　うすぎり

デザートの　チーズは
スティルトン
アッシアゴ
タレッジオ

食後に　のむ
リモンチェロ
も　つくって　みたわ

みんな　あなたの　すきなもの

ちいさな　テーブルに
ならべきれないほど
お皿を　だすのが
すきな　あなた

すばらしい　にちようび
あなたの　たんじょうび

サイドボードの　うえの
写真は
いつまでも
シャッターを　きったときの　まま

カメラは　ひかりを　うつすもの
だから
わたしも　あなたも
わたしたちの　しろいドレスも
ひかりみたいに
またたくまに　きえてしまう

しろい布巾で　ヴァン・ムスーの
コルクを　まわしながら　ぬく
ポン
と　かろやかな　おと

そそがれた　グラスの
なかで
ちいさな
おおきな
たくさんの
あわが
ぶつかりあいながら
あふれる　あふれる

あけはなした　まどから
かすかに
ジジジ
と　ことし　はじめて
セミの　こえ

あなたの　写真を
テーブルの
あなたの　せきに

"さぁ　いただきましょう"

郵便飛行機

Gâteau de fée

“荷物は　これでぜんぶ？”
“そう　今日はすくないの”

さむくて　くらい　冬の朝
7時をすぎても
まだ　太陽は　のぼらない

“ごめんね　お休みの日だったのに”
“いいのよ　部屋にいても　することないから”
“これ　さしいれ”
“ありがと　たすかる”

わたされた
茶色の紙袋をもって
操縦席にのりこんだ

“いくよーっ！”
ベスが力いっぱい　クランクをまわす
ギッ　ギッ　ギッ　ギッ

タイミングをみはからって
ボタンを押す

ブルッ！　ブルッ！
ブルルルルルルッ！

エンジンが　かかり
いきおいよく　プロペラがまわる

機体からはなれたベスは
オイルでよごれた　しろい帽子を
おおきく　ふりまわした

わたしも　おおきく
手をふって　彼女にこたえる

はしりだして
だんだん　はやくなる機体を
ふんわり　地面から　はなした

太陽が　のぼりはじめた

朝の光を　あびた　緑が
ゆっくり　あたまを　もたげる

なだらかにつらなる　たくさんの丘
おばあちゃんが　うまれるまえから　ある
ながい　ながい　ドライストーンウォール

それぞれの　丘のうえで
かたまって　夜をすごした　羊たちが
草を　はむため　斜面をくだりはじめた

夜がくれば　羊たちは
丘のうえに　のぼり
かたまって　一夜をすごす

いままで
なんかい　なんにち　なんねん
くりかえされて　きたのか
かんがえただけで　気が　とおくなりそう

パイロットになった日
おばあちゃんは　わたしに　いった
"おまえは　かみさまに
　なったわけじゃないんだからね
　ただ　運よく　鳥の目を
　かりることが　できただけなんだ"

雲が　おおいけれど
飛行は　順調
天気の　くずれそうな　気配も　ない

飛行機は　風にのって　南南東にすすむ

右手で　紙袋を
すこし　ひらくと
バターの　かおりが　ひろがる

“おなか　すいたな……”

つぎの街が　みえたら　たべよう

計器のチェック
すべて　異常なし

"あれは……雲？"
街の上は　クロテッドクリームみたいな
しろい　かたまりに
むくむく　おおわれている

　"よけられない！"

視界が　まっしろになった

翼が　カタカタ　なりはじめて
機体が　こきざみに　ふるえる
さっきまで正確だった　コンパスは
クルクル　まわりつづけている

　"きっと　こっち……"
飛びなれた　空の道
このまま　すすめば
きっと　もうすぐ　海峡にでるはず

　"あかるくなった！"
そのとき
光が　まぶしくて　めを　とじた

“ここ……どこ……”
凍りついた地面が　クラゲの群のように
もりあがって　どこまでも　みわたすかぎり

コンパスは
やっぱり　まわりつづけていて
太陽の位置を確認しようと　目をあげる

あおい空に　まぶしい三日月が　ふたつ　みえた

操縦桿をにぎる手が　ぶるぶる　ふるえる
だんだん　気分が　わるくなってきた

“どこにむかって飛べばいいの……”
こわい
とても　こわい

エンジンと　プロペラの　音だけが
なにも　きこえない　氷の世界に　ひびく

空が　ゆれている
絹のドレスの　すそみたい
ゆらゆら　うつろう　空の色
紫から　赤へ
赤から　金へ

とつぜん
たくさんの　クローバーが　ふきつけてきた
クローバーが
翼に　プロペラに　からまると
エンジンが　とまってしまって

“おちる！”

機体が　下降しはじめる

“わたし　もう　かえれないんだ……”

だんだん　きが　とおくなっていく

たくさんの　ファイアフライが
まぶたに　うっすら　にじんで　うつった

……エンジンの……音……

……まだ……飛んでる!?
いま
海の上　海面ギリギリ
目のまえ…………砂浜っ！

思い切り操縦桿を引く

"あがれ！"

機体が　おおきく　まいあがる

おどろき　いななき　あばれる
馬たち

ひろがる　みなれた
ボカージュの　けしき

いつのまにか　海峡をこえてた
"あれは……なんだったの……"

飛行機を　着陸させても
むねの　どきどきが　おさまらない

“サリュー！
　今日も時間ぴったり　さすがね”

“きいてよシャルロット！
　さっき　とても不思議なことがあって……”

茶色の紙袋をもって
操縦席を　おりようとしたけれど
どこをさがしても　みつからなかった

Liebesträume

リ ー ベ ス ト ロ イ メ

Fragment

ヴァルス　ヴァルス　ヴァルス
あなたの　てを　とり
わを　つくる

ヴァルス　ヴァルス　ヴァルス
１　２　３　の
くりかえし

ヴァルス　ヴァルス　ヴァルス
まわる　まわる
たかみへ

たましいの　めが　さめるほど

"シェリーを　ひとつ　いただけます？"

そのこえを　きいたとき
いきが　とまりそうになった

なんて　なつかしい　ひびき

ふれあう　たくさんの　グラスの　おと
ソプラノが　しずかに　うたう
やわらかな　リンドブラード

しろい　クラヴァットと
あざやかな　ソワレの　むれから
そのこえを　さがす　と

あぁ……
まさか……

わすれられない
ながいそでに　おおきな　源氏車

くらくらするのは
きっと　船が　ゆれているから

あたまの　すみの　ビスケットの缶

もう
そっとしておいて
ほしいのに
さびついた　ふたを
だれか　が
あけようとしている

だれか？

だれか？

だれか　は　わたし？

たてごとの
弦をなぞる
ひとさしゆび
むこうから
こちらへ
つつまれ
いだかれ
たてごとの
弦をなぞる
はだざわり

シャルトリューズの
みどり
ひとしずく
しろい
かたを
すべる
あたたかな
ひとさしゆび

あまいかおりの
シガレット
パルファム
シャルトリューズ
ひとさしゆび
たてごとを
すべる
しろい
かた
を

"あなたの　描く人　みんな　顔がないのね"

"えぇ……
　私　人の顔を　みわけることができないの
　だから　いっそ　顔は描かないことにしたのよ"

"そう……
　あなたには気の毒だけれど　すこし安心したわ
　私の　まずい顔も
　あなたは　みることができないのでしょう？"

"あぁ　うるわしい　マドモアゼル
　私は　人を
　声で　みわけることができるのです
　あなたは　とても　こころの　うつくしい人だ"

"ふふっ　ほんとうに？
　ねぇ　私の絵も　描いてくださらない？"

"もちろん　描くわ"

"うれしい
　私も　描くわ
　あなたのこと

　あなたの　うつくしい　銀いろのかみ

　私は　どうして
　とどめておけばいいのかしらね"

いさましや
ピッケルハウベ
うるわしや
ラシャの　マンテル

槍騎兵の隊列
ひげは　おおしく

うまどもの　ひく
カノーネの　むれ

つわもの　むかう
にし　ひがし

いとぐるま
カラカラ
まわり
つむぐ　糸

うるわしや
ラシャの　マンテル

マンテルの　みどり
あの森の　みどり

うるわしや
ふかき森の　マンテルの　みどり

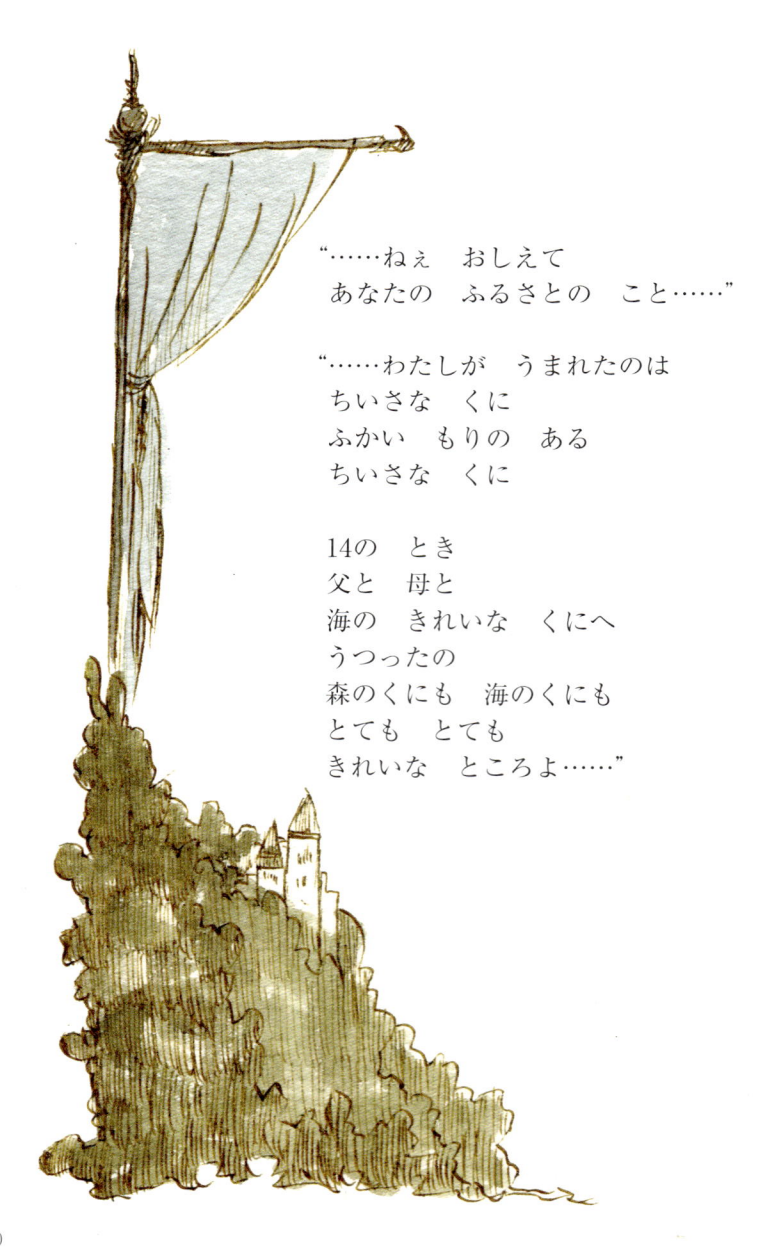

"……ねぇ　おしえて
あなたの　ふるさとの　こと……"

"……わたしが　うまれたのは
ちいさな　くに
ふかい　もりの　ある
ちいさな　くに

14の　とき
父と　母と
海の　きれいな　くにへ
うつったの
森のくにも　海のくにも
とても　とても
きれいな　ところよ……"

"……きっと　このくに　とは
　なにもかも　ちがっているのね
　いろも　ひかりも
　ほんとうに　なにもかも……"

"……あなたに　みせてあげたいわ
　森のなかの　ふるいお城
　ひかりの雨がふる　海……"

"…………　…………"

"…………　…………"

つかわれていない
教会は
ほこりを　はらうが　はやいか
病院に　なった

たくさんの　ひとたちが
はこびこまれる
うすぐらい　礼拝堂に
たくさんの　ろうそく

いたい　と　いえるのは
ましなほうで　すぐに
ううう　と　うめくしか　なくなる

ガーゼ　包帯　モルヒネ　煮沸消毒

すべて　はじめての　こと

ガーゼ　包帯　モルヒネ　煮沸消毒

指も　手も　袖も　胸も
ビイツに　そまってしまった　ようで

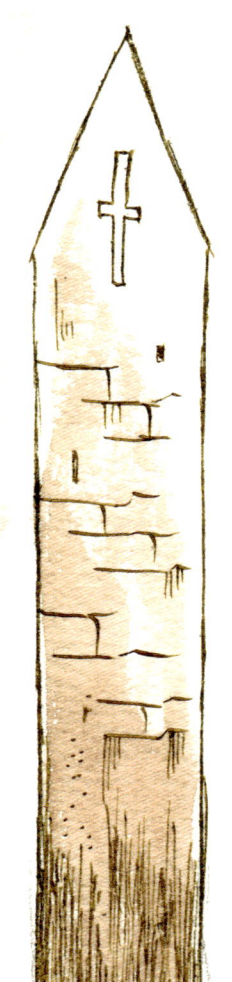
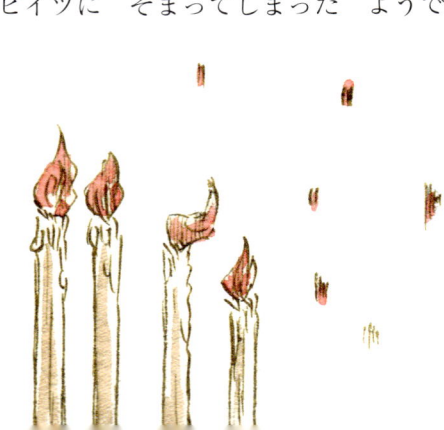

7日の間
水　を　のんだ
水だけ　を　のんだ
水だけしか　のめなかった

8日目の　朝
カーシャ　を　たべた
カーシャ　を　たべることが　できた
カーシャ　を　たべながら
なみだが　とまらなかった

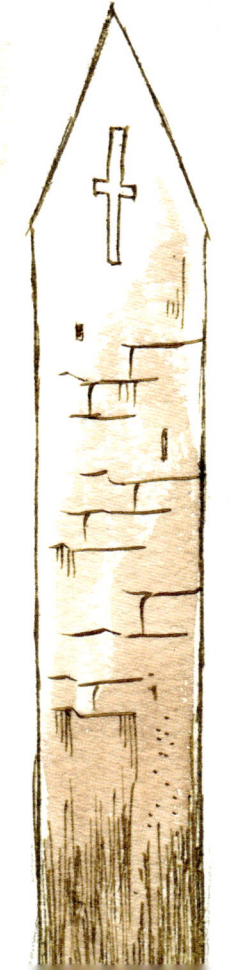

"あなた　フィヨルドを　みたことあって？"

"フィヨルド？　ないわ"

"きのう　本で　読んだの
とても　うつくしい　景色なんですって
私　一度でいいから　みてみたいわ"

"そうね　私も　みてみたいわ
でも　おねがいだから
すこし　動かないでいてもらえる？"

"あら　ごめんなさい
モデルは　つかれちゃうのよね
私は　描いてるほうが好き"

"おたがいさまよ
私だって
動かないでいるの　つかれるんだから"

"……私ね　ときどき
なんで　絵を　描いているのか　わからなくなるの
……あなたは？"

"……たまにあるわ
でも　結局　描きたいから　描いてるのよ
それだけ"

"……そうよね
ありがとう
やっと　動かないことに集中できそう……"

《わたし　イチジクなんて　だいきらい》

彼女は　かわいた　イチジクの実を
谷間に　ほうりなげた

《イチジクが　ひとを　だめにするのよ》

彼女は　また　イチジクの実を
谷間に　ほうりなげた

ちいさな　イチジクの実は
惑星にそって　半円をえがくと
氷河のなかに　すいこまれていった

《あなた　ないているのね》

彼女は　わたしの　ひたいに　くちづけた

《あなたの　なみだで
　たかいやまの　いただきも
　かくれてしまったわ》

彼女は　わたしを　やわらかく　だきしめた

《たくさんの　なみだが　ほしを　みたすと
　あたらしい　いのちが　うまれるのよ》

彼女は　わたしを　だきしめたまま
もえさかる　あつい鉄に　なって
わたしの　むねに　ゆっくり　とけだしていった

あしもとの　やわらかな貝のからを
ひろいあげ　耳に　あてても
うみのおとは　きこえなかった

"すみません　マダム
　もしかして
　私の　母を　ご存じではありませんか？"

"さぁ……
　……ごめんなさいね
　私……存じませんわ"

"そうですか……
　たいへん失礼いたしました"

"なんでもないのよ……
　お母様は　ご一緒の船に？"

"……母は　私がうまれてすぐ　なくなりました
　だから　私　母のこと　よく　しらなくて

　絵描き　だったそうです
　母の　絵に
　うつくしい　銀いろのかみの
　あなた　そっくりのかたが　描かれていて
　つい　声を　かけてしまいました"

"ごめんなさい……
　私　なにも　しらなくて……"

"私も　ごめんなさい
　はじめて　おあいした方に
　こんなはなしを　してしまって……

　そうだ！
　あした　この船は
　フィヨルドを　通るんですよね！
　とても　たのしみ！
　私　今夜　ねむれるかしら……"

Merci à vous

文　白鳥博康

1983年東京都生まれ。立正大学大学院文学研究科国文学専攻博士課程修了。フランス遊学をへて、創作活動にはいる。
著書に『夏の日』（銀の鈴社）がある。

絵　もとやままさこ

1982年神奈川県生まれ。武蔵野女子大学文学部日本語日本文学科卒業。児童書の挿絵などで活動。
http://kotkotri.moo.jp/

デザイン協力　山下直哉

NDC726・913
神奈川　銀の鈴社　2016
120頁　18.8cm（ゴムの木とクジラ）

銀鈴叢書　　　　　　　　　　　　　2016年8月30日発行
　　　　　　　　　　　　　　　　　本体3,000円＋税

ゴムの木とクジラ　*Résonance*

著　　者　　文・白鳥博康Ⓒ　絵・もとやままさこⒸ
発　行　者　　柴崎聡・西野真由美
編集発行　　㈱銀の鈴社　TEL 0467-61-1930　FAX 0467-61-1931
　　　　　　〒248-0005　神奈川県鎌倉市雪ノ下3-8-33
　　　　　　http://www.ginsuzu.com
　　　　　　E-mail info@ginsuzu.com

ISBN978-4-87786-629-7 C0093　　　　　印刷　電算印刷
落丁・乱丁本はお取り替え致します　　　製本　渋谷文泉閣